O movimento leve

– Contos –

Organização de *Vagner Amaro*

O movimento leve

– Contos –

Organização de *Vagner Amaro*

malê

ISBN: 978-85-92736-33-0

Edição: Vagner Amaro

Revisão: Léia Coelho

Ilustração de capa: Luang Senegambia Dacach Gueye

Os contos deste livro foram vencedores da edição 2017 do Prêmio Malê de Literatura.

Texto revisado segundo o novo Acordo Ortográfico da Língua Portuguesa.

Dados internacionais de catalogação na publicação (CIP) Vagner Amaro CRB-7/5224

M935 O movimento leve: contos / Organização de Vagner Amaro. - Rio de Janeiro: Malê, 2018.

80 p.; 19 cm.

ISBN 978-85-92736-33-0

1. Conto brasileiro II. Título

CDD – B869.301

Índice para catálogo sistemático: Literatura brasileira: conto B869.301

www.editoramale.com.br

contato@editoramale.com.br

O movimento leve

– Contos –

Helena Vitória dos Santos

Ronald Lincon Júnior

Bianca Kelly de Jesus

Caroline Anice dos Santos

Israel Marques

Jorruam de Almeida

Munah Maleque

Thaynara Henrique Vieira Lourenço

Wlange Keindé

Eugenio Rodrigues Rosa do Nascimento

Organização de *Vagner Amaro*

Sumário

Quixote: O "Quirubim" do sertão!

Por *Helena Vitória dos Santos* (BA)

Quixote, pretinho, pretinho lá do Sertão, filho do meio de onze irmão, de meninote queria ser "quiribum". Ele rezava a "padim" Ciço que lhe arranjasse asa pra avuá nas terras temperadas e com a viola impindurada sua canção intuá.

Só que Dona Caxita, mãe de Quixote, ouvindo o falatório dos biato e o conselho do padreco, viu nessa paixão, distrambelho e ao menino tentou persuadir: — Quixote fió meu, como pode ser assim? Tu pretim, pretim, querê ser anjo "quirubim"? A capela onde nós reza num pintaram anjo, neguim! Anjo não é coisa de gente de cor! O seu padre mermo falô, que branco é que é amô!

O menino argumentava e a mãe ainda mais ralhava com tamanha decisão: — "Quirubim" é coisa do Rubro, do Sete Pele, é coisa do Cão!

E os irmãos de Quixote a remedar, cantarolavam quando ele estava a passear: *Urubu, buraco de tatu, dê asa ao nosso pioiento irmão, tanto quer ser anjo, mas, já viu anjo tisão?*

E com isso mais se amofinava Quixote, até ocorrer uma visão....

Na madrugada lhe apareceu uma anja negra no meio da plantação, ela disse do futuro e trouxe resolução: — *Quixote és o escolhido, teu desejo será atendido e há de ser o mais belo querubim! Sua pele é o ébano e de tão linda brilhará mais ainda pelas terras do Sertão. Sua cor da ancestralidade, fruto da mais bela humanidade, traz no sangue a riqueza multicultural. Marcas da resistência, revolução e insurgência de negros africanos sem igual!*

— *Você como príncipe negro sua sapiência evocará; aos orixás saberá saudar e pedirá benção ao Pai Oxalá! Não entristeça com os que ignoram sua real condição, és o anjo negro com cavalo e lança na mão. E, por ser sempre amigo, será melhor comigo em chegada provação.*

Quixote acordô suado, nunca teve um sonho desse danado e acordado pensava no que tanto ensejava e estava pra acontecê. Alguns dias se passaram...

O conto está ritmado na literatura de cordel com texto "reproduzindo" a oralidade. Só que a danagem dos irmãos mais o perturbaram a ponto de entristecer. Um dia retô! No oco do mundo se *jogô*! Pra nunca mais voltar.

Mesmo com os suplícios da mãe, Quixote se arredou e foi-se embora com trouxa, cacareco e chateação. Só que, passados cinco dias, na barriga lhe apertou a fome e a solidão. No sol que ardia, achou que era tarde — ou era dia? Era mais alucinação. Uma tartaruga gemia e pedia por pão.

Quixote esfregava o olho direito pra acreditá e o esquerdo pra não desconfiá, enquanto a bichinha contorcia no chão, com dor danada de duída, pedindo: — Pão, pão, pão.

O menino viu que tinha de ajudá, porque tartaruga não falava e se essa tava falando é que a fome ensina até bicho a conversá. Tinha apenas um cacau dentro do trouxão, deu metade à amiga, como um bom cidadão, a "Tartuga", já assim a chamava, tão alegre a ele agradiceu; como chegava à noitinha começou uma modinha e o coração da "Tartuga" desentristeceu.

No dia seguinte...

Pro espanto do Quixote, a "Tartuga" não tava lá. No lugar da coitadinha, tinha asa bem escurinha com penugem pra avuá.

O menino feliz ficou e intendeu que Nosso Sinhó é o Pai Oxalá e ao seu pedido atendeu. Pediu benção pra mode voltá ligeirinho e bem apertadinho a sua mainha abraçá. Na passagem de tanta alegria, intuou bela melodia do mundo Cristão. Era o Ogum pródigo matando o dragão, era São Jorge guerreiro voando na vegetação. Vestido das asas e tocando violão, era ele, o Quixote, "quirubim" do Sertão.

Ao chegar dentro de casa, tinha forte comoção. Era padre, biata, mãe e irmão, rezando pelo seu regresso. Vendo o filho de asas pretas, Dona Caixita pensou ser o menino Jesus, de braços abertos, carapinha e cheio de luz. Ao dá um cheiro no santinho, estalou um beijo forte no filhinho e disse: — É mesmo Quixote, que virô anjo intão!

Em homenagem ao pequenino, foi feito pra esse menino, um lindo altar, nera altar de santo, era de intervenção, pois era o Quixote Negro, que foi anjo de procissão.

Bilhete

Por Ronald Lincon Júnior (RJ)

— Dona Nilma, posso sentar do lado da senhora?

— Sim. Como tu sabe meu nome?

— Não lembra de mim?

— Pra falar verdade, menino, tua cara não me é estranha... mas desembuche.

— Sou filho da Zete, da rua 6, lá do morro. Brincava de bola com o Delso em frente à casa da senhora.

— Oxe, menino. Faz tempo, a vista de velha é cansada que a gente nem reconhece. Tu é aquele magricela mais novo da Zete. Sua mãe tá boa?

— Tá, sim, senhora. E o Delso, como tá?

— Meu filho Delso tá bem, entrou na Marinha, coisa boa, visse? Salário em dia, estabilidade, mas trabalha feito jegue, até fim de semana, e não ganha muito. Se Deus quiser, ano que vem ele vai a sargento, já faz faculdade.

— Que bom, tia. Fico feliz. O Delso era o mais esperto da gente.

— Mas, menino, e você está trabalhando em quê?

— Tô não, tia. Tô não. Sabe como é, depois que o pai morreu eu tive que ajudar a mãe e a criançada de casa. Larguei a escola e comecei a trabalhar com o tio Manel nas obras. Mas aquilo não era pra mim, tia. O dinheiro era miséria, dava pra nada.

— Eita, menino. Não fale assim. Mas, mudando de assunto. Vai descer na frente do morro? Se for, aproveite e me ajude com as sacolas do mercado. Vem cá, qual é seu n… Ei, onde você vai?

O menino levantou do assento de forma brusca, caminhou com passos decididos até perto da roleta, a poucos metros do motorista do ônibus. Enfiou a mão por dentro da camisa, como se segurasse algo, e deu o aviso:

— Perdeu geral. Tô armado e não quero gracinha. Vou passar no banco de cada um e quero que coloquem os celulares e dinheiro na minha mochila. Se alguém tentar dar uma de herói, vou passar fogo. Tão avisados.

Enquanto o ônibus corria devagar pelas avenidas entupidas de carros, o assaltante recolhia os objetos dos passageiros e os depositava na mochila. Celulares, relógios, cordões, e o dinheiro pingado do povo que lotava o ônibus após mais um dia de trabalho. O menino não demorou para encher a mochila. Contou com a "ajuda" do engarrafamento, que paralisava o trânsito e impedia que o ônibus passasse próximo a alguma viatura policial. No fundo da condução, sentava Dona Nilma. Perplexa ao ver o rapaz, com quem conversava fazia poucos minutos, com uma arma na mão, amedrontando aquela gente, de olhos cansados e amedrontados. Por um instante, lembrou do ladrão ainda menino brincando em frente de casa. Pensou que poderia ser seu filho Delso. Mas não. Delso, certamente, estava de plantão no quartel. Ainda assustados, os olhos baixos dos passageiros seguiam o ladrão. Ao fitar Dona Nilma, o ladrão recordou seu amigo Delso, e envergonhou-se. De modo que passou por ela sem levar nada.

— Ô, piloto, abre a porta que eu vou descer!

De súbito, Dona Nilma levantou-se e atirou seus pertences dentro da mochila antes de o ladrão fugir. Sem entender a atitude da mulher, ele desceu rapidamente as escadas e escapuliu entre os carros. Um pouco aliviados com a saída do bandido, os passageiros também ficaram confusos com a ação da senhora. Cerca de uma hora depois, Dona Nilma se arrastava para chegar em casa, com a bolsa vazia e as sacolas do mercado pesadas. Ao, enfim, alcançar a varanda, teve uma surpresa. Embrulhados em um bilhete, estavam seu celular e os brincos de bijuteria que lançara na mochila do rapaz.

Dizia o papel: "Tia, nem tive tempo de dizer meu nome, imagino que a senhora não lembra, porque a todo tempo me chamou de menino. Meu nome é Leonardo. Como falei no ônibus, a situação não anda fácil pra mim. Não queria botar medo em ninguém. Nem minha arma era de verdade, só que precisava levar um dinheiro pra casa, as criança precisa comer. Não entendi por que a senhora jogou tuas coisas na minha mochila, mas nunca levaria nada da mãe do Delso. Peço desculpa pra senhora. Ore por mim, que um dia saio dessa, se Deus quiser. Ass.: Leonardo."

— Oxe, vai vendo só. Ele pensou que eu ia ficar no ônibus sem ser roubada? A única? Pra neguin pensar que tava mancomunada com o ladrão? Vixe, Maria — disse, sozinha.

Abriu a porta, bateu os sapatos no tapete antes de tirá-los do pé e entrar descalça. Dona Nilma deixou as bolsas no chão perto do sofá. Depois, foi até a cozinha onde ficava um pequeno altar com uma imagem de Nossa Senhora, que apoiava uma fotografia de seu filho Delso. Ela tirou o bilhete de Leonardo do bolso e colocou junto à santa, antes de se ajoelhar, e começar uma oração.

Tem chance de crescer?

Por Bianca Kelly de Jesus (SP)

Estava uma vez, em casa, minha mãe, Felipe e eu. Lembro que conversávamos sobre a milésima entrevista à qual o menino tinha se submetido. Ele contava que os headhunters do recrutamento desistiram de seu currículo no décimo segundo, no passado não chegava a isso. Estava, então, bastante otimista, dessa vez teria que dar pé. Minha mãe, com aquela mania de fazer a pergunta prudente, questionou com voz derradeira: — Tem chance de crescer? — Felipe não entendeu de primeira: — Mas, como assim? —. Engraçado como o espírito do auspicioso dura pouco na gente. Basta uma perguntinha que entramos num não sei quê de pensamentos. "Tem chance de crescer?" Eu conseguia ver a empolgação flutuando pra fora do corpinho magrelo dele. Tive a impressão até de ouvir seu raciocínio, tão alto para seus 1,65...

Menino de onze é baleado dentro de casa na periferia... Tem chance de crescer? Onze o quê? Onze dias na escola nova? Onze dias pra chegar seu aniversário? Onze centímetros a menos de alcançar o pote de bolacha do armário? Esse menino não tem chance de crescer. Vai que consiga, estude até o fim do ensino médio conciliando o trabalho de segunda a sexta com o de matemática pra entregar na quarta que vem, malemá, feito até metade. Fico pensando se ele tem chance de crescer. Mas tem inclusão sim, vamos parar de mimimi. Vai que ele entre na universidade, com as cotas, e dê sorte de não ser muito preto. Pensa se o emprego tirar apenas 12 horas de seu estudo.

Será que tem chance de crescer?

E se ele descobrir que a universidade não foi feita para recebê-lo e que todas as oportunidades que os ditos "acadêmicos" tiverem de demonstrar o desagrado pela sua simples presença, for requintadamente aproveitada. Será ele que duraria até o fim? Conseguiria pegar o canudo no final? Subiria ao pódio?

E se esse menino sou eu...

Tem chance de crescer? De vencer? Vencer de outros iguais a mim. Se um vence, outro tem que perder...

Será isso crescer?

Queria responder aos questionamentos de Felipe, mas ele não dirigiu nenhum a mim. Queria poder dizer a ele que adivinhava o que falava em silêncio porque eu também já tinha dito. Queria explicar que a mãe só desejava o nosso bem, e que ela mesma não teve tempo de dizer nada em silêncio.

Rápido demais, meu irmão soltou outra voz, não era a que eu estava escutando até então.

"Tem chance, depois de seis meses, talvez consiga a CLT".

Noites de Madagascar

Por Caroline Anice dos Santos (BA)

Em um quarto no Cabula o amor põe a cabeça no travesseiro e descansa a alma das dores de um mundo que não se importa com suas dores. Em cada bairro da cidade, contam-se as dores como quem conta as estrelas nas noites de Madagascar.

Quem viu a morte dos seus não se esquece, e o rosto de João o visita todas as noites. A voz do amigo lhe lembrava de que, ainda que digam o contrário e dilacerem sua alma, ele sabia: preto é gente sim; preto é dor — dor do racismo, dor da solidão, dor da barriga vazia —, mas é amor, um infinito de amor também, feito as águas de Iemanjá. Preto morre um pouquinho todo dia quando dizem que nossa vida não vale nada, menos que uma garrafa de Pinho Sol, dizia sua mãe enquanto lia sobre a prisão de Rafael Braga. É pior que bala perdida porque essa desgraçada pelo menos pega de uma vez só.

E foi assim mesmo, de uma vez só, enquanto voltava do treino do time de futebol. João sabia que um dia seria o atacante nos jogos da Copa do Mundo, mas ela o pegou antes mesmo de ele ver o sonho descendo a Ladeira da Montanha. A bala perdida acertou certeira o menino do Nordeste de Amaralina. Enterrado a sete palmos abaixo do chão, mas governo nenhum tinha contado. A mãe perdeu um filho, as crianças perderam um amigo, a vizinhança perdeu a voz de uma criança que fazia coro nas brincadeiras de rua e um fio de esperança desfez-se no horizonte pr'um povo preto e trabalhador que no dia seguinte não ia acordar às 5 horas da manhã pra sair. Trabalhar quando um dos nossos tomba? A gente quebra o sistema e um dia faz eles pagarem a conta — nós vamos cobrar, oh se vamos.

Se a gente sabia? Como sabia... Não dá pra fugir do racismo. Nem da bala perdida que só encontra preto, nem do choro da criança que quer o peito da mãe quando chega à noite da casa da patroa, nem da dor de quem se foi há tanto tempo que nem do rosto a gente se lembra mais. A bala acerta, o sistema metralha e fuzila. Dá pra fugir não, neguinho. Nunca dá pra fugir da autoestima baixa, da voz inaudível e nem do medo de que talvez seja isso mesmo que dizem por aí, que talvez o amor não seja mesmo para nós. Dá pra fugir não, preta, vai por mim. A gente chega com o cabelo armado, nosso corpo é sexualizado e o QI questionado. Bate de frente e enfrenta com peito de quem travou tantas lutas e descobriu que não está sozinha. Bate de frente com a cabeça erguida, mas no lugar, e os pés firmes, daqueles que criam raízes mas também sabem correr por aí.

Pra quem já enfrentou a escravidão, a fuga sempre fora uma das nossas alternativas à prisão e aos sofrimentos do racismo. Era o que a gente tinha mais próximo de liberdade naquela época, os quilombos bem sabiam. A abolição veio, mas se perguntarem se libertou, não libertou. Dizem que o amor não foi feito pra nós, assim como disseram que nossa alma não tinha salvação para o paraíso.

E Amanda não acreditava em nenhum dos dois: que a gente não podia fazer amor e que existia paraíso. Fazer amor. A gente já fez açúcar, plantando e moendo a cana; já fez café, plantando e triturando a semente; já erguemos as casas de senhores e pusemos Salvador de pé, dá pra ver em cada prédio e no chão de paralelepípedos do Pelourinho, mas amor, nunca tinha ouvido que a gente fazia amor na mesma frequência com que os homens diziam que ela tinha cara de ser boa de cama. Fazer amor, nunca tinha ouvido que a gente podia viver de amor — e aqui eu não tô dizendo do prato de feijão com arroz, do teto quente, do corre da sobrevivência, mas do quanto ele poderia ser possível e concreto como a nossa comida é ; nunca tinham dito, até que ela descobrira bell hooks. Paraíso? Se o inferno é aqui, onde mais o paraíso poderia ser? Amanda é dessa gente que só vê paraíso numa sociedade nova: nada de fome, nem miséria, nem dor, nada de escravidão, de exploração, nada de patrão, é povo sabido e atento, sem lamentos de um mundo cheio de opressão. É acordar com poesia, caminhar fazendo rima, batucar até o fim do dia, sorrir até o sol raiar fazendo samba da vida.

Agora, contando as estrelas nas noites de Madagascar, eu sabia que o amor era mais do que imaginava e não o conhecera antes, não da forma com que ele, todo dia, se apresentava pra mim. Todo dia construindo a revolução, sabendo que só a luta muda a vida e me fortalecendo ao lado dos meus. Não, não, senhor, eu não estava sozinha e um batalhão tá vindo aí, se formando todos os dias.

Sabia que não era a primeira mulher negra da história a aceitar um amor meia-boca, amor metade, amor maldade e lágrima de dor; nem seria a última a se encobrir de todo o amor que merecia.

E nessas noites de Madagascar os olhos dele brilhavam e, do tanto de amor que havia, transbordava em estrelas que eu fazia questão de contar. Ainda faço. E assim como Rincon rima, também faço questão de botar nos meus textos que pretas e pretos estão se amando.

E assim a gente faz a revolução todo dia, todo santo dia, todo dia santo.

Boca do esgoto

Por ***Israel Marques*** *(SP)*

Molhou o rosto ensanguentado com um corte quase profundo no supercílio esquerdo, tocou, sentiu o líquido viçoso e quente percorrer entre seus dedos. O espelho eivado refletia sua imagem desfigurada, e o zunido ainda pairava sob seus ouvidos. As paredes de madeirite tremiam a cada passo da bota pesada que marchava em direção aos barracos. Um cheiro de morte queimava seu nariz, a língua estava ressecada e os olhos rubros agonizavam.

Os dois cômodos do barraco eram pequenos, claustrofóbicos. A cama dividia o quarto da sala, e o banheiro vinha grudado num puxadinho minúsculo com um ralo aberto que dava para o esgoto. As necessidades eram feitas sem cerimônia em uma posição nada confortável, mas tal situação já fazia parte do cotidiano

A TV noticiava os últimos acontecimentos do congresso, todos os olhos estavam atentos às reviravoltas políticas que se sucediam. Os repórteres, ensandecidos, corriam para vários lados apontando seus microfones e câmeras. Ouviu um silêncio súbito, nem mesmo sua própria respiração alarmava. A TV perdeu o sinal inconstante, uma tela azul-escura preencheu o espaço quadrado daquele tubo de quatorze polegadas. Os gatos deram umas miadas prolongadas, mas logo ele imaginou que se tratava de uma trepada qualquer em cima do telhado.

Enxugou o rosto, o sangue começou a endurecer, as rugas preenchiam a face e os dentes apodreciam o sorriso. Tateou o bigode e sentiu a velhice enrolar na ponta do seu indicador direito. A barba permanecia manchada. Os poucos móveis rangiam e as paredes lastimavam a umidade sôfrega. Lembrou de sua velha, ela tinha belos olhos quando a conhecera, os cabelos percorriam seu corpo esbelto, as curvas esguias tiravam sua concentração todas as vezes que a via.

Pegou um pedaço de pão jogado em cima da mesinha feita de caixotes, passou margarina e molho shoyu, abriu uma lata de cerveja quente e tomou num só gargalo, depois devorou o alimento endurecido. A TV voltou a funcionar, passava alguma propaganda sobre cidades sustentáveis, e ele só imaginava a sustância no dia seguinte.

Pensou no gato que trepava e lembrou de sua velha, das noites de gozo ofegante e palavras ao pé do ouvido enquanto a língua transitava entre o lóbulo da orelha e o pescoço desnudo.

A cruz pendurada na parede trazia a imagem de um deus em que ele nem mais acreditava. Deixou de acreditar quando sua velha foi embora, sem tempo de se despedir, enquanto sufocava na própria saliva e o corpo estremecia as veias e órgãos.

Quando chegou àquele lugar, pensava em fixar a vida, criar uma raiz, como nunca havia criado em outros lugares. Desde pequeno, era jogado de um lado para o outro, de casa em casa, ninguém escutava sua voz e ele se asfixiava no próprio silêncio. Conversava com apenas uma pessoa, sentia sua vibração, mesmo nos momentos da penitência por alguma travessura inconsciente.

Titubeou e tentou olhar para fora do barraco; a visão estava turva com a poeira que se estendia pelas ruas. Nenhum sinal naquele quarteirão.

Lembrou de quando fumava maconha com a vizinha e na vergonha que seu pai o fez passar; nunca mais se falaram, ele nunca o perdoou. Fugiu de casa ainda adolescente e passou a dormir em cima de um pedaço de papelão no cruzamento de duas avenidas movimentadas.

Soltou um barro e se limpou com uma camiseta puída que estava jogada no chão. Seu cheiro se misturava com o esgoto que fluía ao lado. O sovaco cheirava a azedo e nem ele mesmo suportava. A cueca rasgada guardava o saco sujo que já tinha sarna de tanto dormir no colchão encardido.

No passado, o pai mascava fumo sentado em um banquinho em frente de casa, as mãos cortadas com o trabalho exaustivo eram hábeis. Ele se espelhava no velho, até quando descia a mão em sua mãe. Repetiu o ato algumas vezes contra sua velha e rasgou-lhe a boca com os socos cruzados na mandíbula.

Os gatos pararam de trepar, cansaram ou talvez foram pular em outros telhados. Seu estômago doía, como se estivessem enfiando espetos e retorcendo suas entranhas. A última vez que foi ao hospital, disseram que ele estava com úlcera e precisava tratar com urgência, mandou o doutor tomar no cu e saiu atrás de um trago. Nunca estava satisfeito enquanto não tomava qualquer bebida com teor alcoólico.

Olhou na fresta do barraco, e alguém o observava tocando uma punheta. Nada melhor que gozar em meio ao caos. Ele se assustou e levantou a calça. Ficou preparado para qualquer tipo de intervenção. Nada. Aquele olhar sumiu e o barulho das botas batendo na terra e estrondando o barraco voltaram. Uma gritaria voltou a assolar a vizinhança. Sentiu o calor tomar conta do barraco e o cheiro de madeira se deteriorar ao seu redor. A cabeça começou a esbugalhar o cérebro.

Leu a bula do remédio, pensou que talvez aquilo serviria, pegou a garrafa de cachaça. A fumaça já subia naquela poltrona de couro rasgada que ele encontrou no lixão. Sentou-se, tomou o remédio com um gole de cachaça, relaxou os músculos do corpo e sorriu como havia muito tempo não sorria.

Maquiagem

Por Jorruan de Almeida (RJ)

Pensou, e não seria o pequeno desentendimento que teve com Guilherme que atrapalharia o seu carnaval. O bloco estava marcado para as 15 horas. Sem companhia. Quem diria, cada dia mais isolado. Sentou-se, pegou as maquiagens que havia comprado, a roupa que mandara fazer e montou o personagem daquele dia. Não sabia ao certo quem estava representando, se era Ogum, seu objetivo inicial, um guerreiro forte e impetuoso, ou Iansã, também guerreira, deusa dos raios, senhora dos mares e das tempestades. Pedro não estava muito certo de quem ele era àquela altura. Iniciou o seu processo como Ogum e terminou como Iansã.

Talvez eu seja os dois, tudo é tão ambíguo. Seus pensamentos, permeados de dúvidas, não definiam quem estava ali. Sabia que era mais do que homem ou mulher, tinha a sensualidade de Iansã e a impetuosidade de Ogum, ambos ligados. Sentia-se unido aos dois. Todo o seu conhecimento sobre os orixás era baseado em leituras de internet. E Ogum e Iansã estavam sempre lá, junto dele. Era inegável a personalidade forte de Pedro: sua franqueza, sua sinceridade o tornavam um ser difícil de odiar. Sua sensualidade era percebida por onde passava — não se tratava de uma beleza típica das revistas, era o que se chama de mais brasileiro em sua essência. Era fruto da miscigenação. Em suas veias corria o sangue dos guerreiros, ele sabia, sentia. Estavam ali os índios, os escravos e até aqueles que o mar trouxe, desconhecidos do novo mundo.

Estava lá, sozinho. Encostado em uma parede, atraindo os olhares, de homens, de mulheres, da imprensa internacional, que o fotografavam. Era impossível não perceber aquela entidade ali, com sua calça azul e branca, braceletes dourados com pedras vermelhas, maquiagem forte e um imenso colar de conchas e búzios em seu pescoço, entrelaçadas em uma guia improvisada de sementes de pau-brasil, destacando aquele corpo másculo, de peito aberto para o mundo.

— Nossa! Que energia, você está de orixá? Difícil distinguir com essas cores, comentou uma mulher vestida de freira que passava a seu lado. Pedro refletiu e não sabia ainda ao certo qual dos orixás ele representava. Ogum ou Iansã? Ambos exibem azul, branco e vermelho como suas cores. Só disse que sim, que estava homenageando os dois.

Assistiu a todo o bloco passar, ali, no mesmo lugar. Estava desacompanhado, mas não terminaria a noite assim. — Sabia, não ia conseguir ficar sem me ver disse enquanto Guilherme e sua ex almoçavam em um bar. Gesticulava acusativamente, revelando seu domínio sobre Guilherme, que não conseguia argumentar contra aquele furacão que havia chegado. Elaine, que ali estava, logo se encantou por aquele ser todo cheio de personalidade. Era tudo novo para ela, que agora via seu ex-namorado da adolescência enamorado por um homem, que fisicamente trazia as características do que se define socialmente como másculo e viril. Afinal, Pedro era forte e parrudo.

A brutalidade traçada em cada milímetro de seu corpo se fundia com a delicadeza de seu olhar.

As cores daquela noite se tornaram mais quentes. Baixaram a guarda e curtiram seu primeiro carnaval juntos, depois de dois carnavais separados. No espaço caótico do centro do Rio, o corpo de Pedro compunha o amanhecer e, mesmo na presença de Guilherme, o seu desejo era concebido, enfeitiçando todos a sua volta. Emanou densidade e calor através de seus lábios. Radiante, o corpo bailava milimetricamente. Sedutor. Provocador. A adoração e o desejo o fascinavam. Ali, no estático contemplativo espaço, não havia jugo. Partilhou sua euforia em uma rede social, gerando curiosidade em sua irmã, que achou absurda a fantasia. Desdobramento, comentários, sua mãe, perguntas. Pedro não se abalou e as ignorou. Deleitou-se entregando seu vigor aos beijos, aos homens, ao prazer, a Guilherme. Desejou e foi desejado.

Quarta-feira já não era mais. Cinzas foi tudo o que restou da mascarada prazerosa. O cotidiano bateu à porta. O sol invadia todo o quarto obrigando-o a acordar. Não podia mais ignorar os telefonemas de sua mãe. A financial subordinação o melindrava.

— Alô, mãe, tudo bem?

— Tudo. Juízo, menino, o que foi aquela roupa no carnaval?

— Ué, uma fantasia, mãe.

— Que fantasia?

— Estava de orixá.

— Que isso, menino? Esqueceu de Deus? Vou passar para o seu pai.

Suscetivelmente respirava, tentando encontrar formas de não arrebentar a ligação que ainda tinha com seus pais.

— Filho, estão dizendo que você estava vestido de mulher, que não é homem. Tem que tomar tenência nessa vida. Que coisa foi aquela?

— Pai, por favor! Ninguém paga as minhas contas. Quem foi que falou isso? Me diz?

— Eu pago as suas contas! Esqueceu?

Por segundos não acabou com aquela situação. Eu sou gay!!! Brado. Vontade. Passou. A afronta foi inevitável. O ser, a entidade. Ele insultou aquela família evangélica e conservadora. Homem, mulher, orixá. O anseio era pela expressão do ser efetivo. Mas ele precisava ser a pintura emoldurada, estática e imutável. A distância não era capaz de afastar o amargor. Tudo podia, mas ainda assim não era doce. Seria certo dizer, terminar, berrar, mas o silêncio prevaleceu. Não importava o esforço, falar inglês, francês, espanhol. Ser um doutorando aluno nota 10. Ele apenas não era — coexistia. A maquiagem devia cobrir sua beleza genuína, sua perfeita imperfeição. Assim se sentia.

Outono, sol e chuva, ali, juntos. Poderia não se revelar, tornar-se indetectável se houvesse tratamento. Sabia que a cura não existia. Havia somente a prevenção. Tarde demais. Então a solução era tornar o vírus não detectável. Os pensamentos variados o deixavam ansioso. E as contas como seriam pagas? Pensava. Havia estourado o limite do cartão no carnaval e estava atolado em dívidas. Decidiu. Pegou o telefone e...

— Guilherme, decidi acabar com toda essa farsa.

— Que farsa?

— Deixa eu falar! — Interrompeu-o furiosamente.

— Então... deu positivo.

O silêncio foi inevitável.

— E vou contar para os meus pais que eu sou...

— Não estou entendendo nada. Muito barulho. Pedro, onde você está?

— Na rua, espera, vou tentar sair deste barulho e repito o que disse...

A cor fria anunciava passagem. Carros, pessoas, chuva, batida.

— Pedro? Pedro? Pedro?

O orifício

Por Munah Maleque (BA)

Nascera a criança. Pesados nove meses. Agora passado. Correria. Corre logo o pai. Acabara de chegar o filho macho. Tantas noites sonharam com o rebento, tantos anjos anunciaram o salvador, a barriga pontuda, as cartas, a borra de café, o coração de galinha fervido, a linha escura na barriga, tudo indicava certeza. A surpresa, uma fêmea. Não adiantaram os tantos sapatos azuis presenteados à mãe para dar sorte. Dois cabritos em sacrifício. A família amarga o destino. Amaldiçoados seguirão. Era fêmea a criança. O ansiado macho não chegaria. Tentativa derradeira de contrapor-se à maldição de família. As lágrimas da mãe-inútil, a ira do pai, um suspiro de alivio das irmãs. Panos azuis, vestes azuis, pagãos e mijões todos em azul. Hão de queimar tudo. A expectativa morta com a visão do orifício. O desejo do completo, do falo. A chegada da deformidade, da incompletude não será celebrada. Decide-se rápido: Doa-se a fêmea. Vergonha lhes sobrava. Na fotografia as outras sete meninas, todas amaldiçoadas, todas chamavam Antônia. Se não se separa, não se sente o peso de serem tantas. Não há de nomear mais este agouro, prelúdio à desgraça. Doa-se a fêmea última. A degradante deve ser afastada. Afasta-se o pecado original. A mãe, nada. O pai, as mãos aos céus, as mãos a Deus. A rebenta nem chora, nem mama. A menina, a filha, a cobrem, não a querem lembrar. Não há de construir memória alguma. Nem luto, nem dor, nem nada. Seguirão os dias. O que não se pretende eternizar, não se deve pensar. Esquecimento projetado. Doa-se a fêmea ou devem deixá-la para que morra e que da terra se encarregue mais este fruto podre, colérico.

Vieram buscar a caixa com a certa criança. Tornara-se indefinida. Quase não mama. Não chora. Aprendeu da concepção envergonhada a desculpar-se pela chaga do orifício. Pouco menos de três meses leva na caixa. Afastada. É uma parte no nada. Não se referem à menina. Não se lembra a menina. O que não se deseja eternizar, não se pensa. Do cômodo central se vê o portão. No portão um casal de jovens senhores, já passado dos quarenta, aguarda aquela uma. O pai não surge à porta. A mãe delega à Antônia mais velha a caixa. Não há choro. Não se domina a arte da expressão entre aquelas paredes. Não se projeta som. Um coro de silêncio. Vazio. Boa sorte não haveriam de desejar àquela. Expurgação. Livrar-se do lixo, do sujo, daquele agouro maldito. Ou se doa ou se mata. Ou se mata ao doar. A morte haveria de ter.

Agora haverá de carregar ao menos um nome.

Na casa, já menina, ocupa-se da procrastinação. Ela não há de ser. Não foi. Não é. Não será. Há dias que adia os dias. Aos oito, quase uma moça. O sonho interrompe o sono todas as noites perto da meia-noite, quando todos dormem. Milhões de carros chegam à casa trazendo homens de todas as idades, chegam até os meninos, tão urgentes. Todos cabem no orifício. A todos, a necessidade não é o corpo, importa apenas o buraco. Oco. Esvazia.

A porta entreaberta afasta as suspeitas. Os dedos a postos. O olho na teta. Olho no teto. A urgência dá ardência. A dor. Nenhuma flor no desflorar. Sangra a alma. Marca a fuga. Escape para escapar. Sangra tudo, até a alma. A parede encoberta de lodo. Lambuza-se do limbo. Lodo e não gozo. Clama. Deleite dos porcos. Jorra aos litros o leite parido. Esvazia. Deve o corpo obedecer à casa.

Dever de casa. Brincadeira de meninos. O desejo do tio. Galopadas. Uma égua a ser dominada. Febril morre o potro em fazenda de galos. A risada da mãe marca o silenciamento da morte. Dever de casa. Dever era a casa. A união a regra. Fome familiar. A casa, a família, um só corpo ao deleite dos meninos. Vomita até que sangra. O sangue limpa. Afasta. A tia no lugar da avó. A mãe no lugar da amante. A irmã é a mulher, a comida, alimento da fome juvenil antecipada. Fome familiar de meninos que se lambuzam com suas marmitas, marmotas, meninas mortas. Todos à mesa para a missa dos meninos-galo da meia-noite. A reza, a regra. Se reza, cura o gozo, limpa o lodo, tapa de silêncio todo o orifício. Toda noite a cama serve de chiqueiro aos porcos. Acorda já aos doze, na lama. Apenas troca os lençóis. O que não se deve eternizar, não se pensa, não se fala. O que o orifício vê, cerra a boca.

Previdência Divina

Por Thaynara Henrique Vieira Lourenço *(DF)*

Uma velha dobra a esquina da Rua Santa Rita de Cássia, perto do Recanto das Marias. Não que eu espere que você conheça os cafundós da Bahia, mas essa velha você deveria conhecer. Na cabeça, cabelos crespos achatados pelo peso de anos carregando bacia de alumínio no sol, pois precisava ir ao rio para lavar suas roupas, suas louças, e seu corpo, mais preto que o lodo encrostado na pedra do fundo das águas, mais preto que aquela areia barrenta que tanto gostava de pisar, mas não mais preto que a cor do café tão cheiroso e gostoso que preparava todo fim de tarde.

Naquele dia ela estava longe da fazenda de fumo, onde morou e trabalhou por mais de sessenta anos. Em pé, com uma meia-calça que segurava a dor das varizes de suas pernas, ela esperava na sombra um ônibus que a levaria para o Centro.

Era um grande dia. Colocara o perfume mais cheiroso e bonito que encontrara em seu antigo criado-mudo, amava aquele pote de vidro cristalizado, tão chique. Mas o tal criado-mudo mesmo, odiava. Que diabo de nome era esse? Essa gente parece que é abestada. Acrescentou também em seus dedos alguns grandes anéis, que mais pareciam terem sido encomendados em Saturno. Já suas roupas eram em tons fortes de vermelho e branco. Eu sou mesmo uma preta velha, aiai, pareço um tremendo jaburu que nem emperiquitada fico feminina. Fui feia a vida toda, hoje vai ser diferente, quero mais é chamar a atenção.

Seu ônibus apontou e ela tratou logo de tirar da bolsa sua identidade para apresentar ao motorista. Finalmente não pagava mais passagem. Em sua carteira encardida, vinha o nome Luciana Lealdina Aizita escrito numa letra cursiva trêmula, e ela a apresentou com zelo e gosto.

Desceu numa parada em frente ao prédio no qual tanto esperava entrar todos esses anos. Algumas escadas dificultaram seu caminho, mas nada que a adrenalina do momento não cortasse completamente seu medo de que alguma miniveia das varizes estourasse. A entrada possuía uma grande porta espelhada, em que ela fez questão de não se encarar. Estava decidida e queria entrar no lugar como tal, sem se estranhar no seu reflexo. Segurou sua pequena bolsa com a mão esquerda e abriu a porta de vidro, como se a empurrasse com um escudo, e a colocou de volta no ombro pela alça, como se estivesse com um arco e flecha.

A passos meticulosos, lembrou-se dos filhos, todos crias feitas; e do ex- marido, que outro dia fora visto em Seabra sentado no bar acariciando cachorro de rua. O que será que aconteceu com aquela praga que ele chama de mulher? Devia estar morta. Seu marido havia deixado Luciana e filhos por uma mulher trinta anos mais velha. Certamente era por conta de seu cabelo liso maravilhoso. Será que vão me providenciar uma peruca daquele cabelo? Duvido que ele teria coragem de bater numa mulher com aquele cabelo. Deus ajude que eu ganhe um transplante de fios.

Na recepção do local, um homem uniformizado a encarava sem esboçar qualquer reação. Chegara o momento.

— Boa tarde, posso ajudá-la?

— Oi, seu doutor, tudo bem? Olha, eu vim aqui foi com muita dificuldade, viu? Vi na TV dizendo que as leis da aposentadoria mudaram. Contribuí a minha vida toda e quero meus direitos.

— Trouxe seus documentos? Número de identificação do trabalhador, documento de identificação, CPF, alguma conta para a gente saber sua residência...

— Sim, senhor. Tá tudo aqui —. Jogou a papelada sobre o balcão.

— É só isso que preciso pra me aposentar da minha pretura, né?

— Da sua o quê? Senhora, a Previdência Social é um seguro público para garantir que as fontes de...

— Mas eu tenho idade, moço. Eu não aguento mais ser essa cor de pixe. Foram muitos anos. Chega dessa boca enorme, desse cabelo ruim, dessa gengiva escurecida. Moço, você já viu estria em pele preta? Fica horrível. Eu tô cansada e eu quero me aposentar.

— Mas, senhora, isso não faz o menor sentido.

— Você tá querendo me dizer que o governo mentiu? É isso? Direitos são direitos! Foi tudo uma grande enganação?

— O governo não tem nada a ver com a cor da sua pele. O que interessa é se você contribuiu para o país. Ser preta não contribui em nada.

A esta altura, caro leitor, você deve ter compreendido que uma variz daquela velha poderia ter facilmente se rompido de tanta pressão sanguínea provocada pelo conjunto de palavras que infelizmente formaram três frases. Ser preta não contribuía em nada, nem ao país, nem a ela mesma, nem aos filhos, que tinham vergonha, nem ao marido, que não a assumiu inteiramente, e era por isso que ela estava ali. Era o momento de se aposentar. Ela não tinha muito estudo e sabia que estava de frente para um homem muito estudado. Entretanto, isso não a impediu de analisar delicadamente o traço rabiscado da inteligência inimiga. Cada estrutura que compunha aquelas marcas de batalha, o balcão em barricada, o uniforme em armadura, as palavras cortantes, era material para entender os objetivos e debilidades de seu adversário, para, assim, destruí-lo com a mesma sabedoria que seus anos de experiência lhe permitiram chegar àquele lugar. Respirou fundo, apoiou-se no balcão e levantou um pouco os calcanhares para olhá-lo nos olhos. O inimigo deveria comungar da mesma opinião atroz. Então, ela disse:

— Ser otário também não contribui em nada.

— Como é que é?

É entristecedor como a arrogância pode ser um escudo para algumas pessoas. O combate não estava bem balanceado, era fácil de ver. Aliás, todos naquele local estavam envolvidos, e fora dele também. A guerra havia se instaurado há tempos.

— Quantos anos a senhora tem?

— Sessenta e cinco.

— Desculpe, nem a idade mínima para o benefício foi alcançada. Vou pedir para que a senhora siga até o conselho para que lá possa ter uma conversa com especialistas. Tenha um bom dia.

As relações são tão bizarras. Mergulhe na sintaxe delicadíssima de uma conversa banal e bata de cara com a verdadeira natureza pétrea humana. Suponhamos que este jovem seja capaz de manter algum interesse mínimo pela fala de sua interlocutora, o que ele apreenderia? Seus pensamentos, muito resistentes, se encrostariam facilmente à armação dentária de sua boca ou talvez ao século XIII, com uma tribo de tártaros, onde caminharia nômade liderado por um líder mongol e alcançaria países gélidos, como a Rússia. Numa estratégia demasiadamente fechada, encararia a velha e apenas veria sua idade, pois não havia tempo a se perder com faculdades mentais tão menos nobres. Simplesmente ela não fazia jus. Afinal, qual a utilidade da idade das trevas para os iluministas? Sendo que a cor preta nem reflete luz. No entanto, com isso Luciana nada tinha a ver. Seguiu rumo ao tal conselho, pois quem sabe ali alguém liberaria seu direito de se aposentar. Chegou ao corredor que ficava de frente para a porta que a separava dos ditos especialistas. Do lado esquerdo, cinco cadeiras de plástico para quem aguardava. Duas delas estavam ocupadas. Uma mulher em seus trinta e poucos anos mexia num celular um pouco maior que a palma de sua mão. Ao seu lado, uma menina, que não deveria ter mais que cinco, dormia se escorando no braço da mulher, que deveria ser sua mãe. Luciana sentou-se na cadeira da beirada, um pouco mais afastada. Ali resolveu esperar com sua bolsa no colo. A porta a sua frente estava trancada, ninguém mais passava no corredor, e as duas ao seu lado pareciam estátuas. Restava ela e seus pensamentos. Por que queria essa aposentadoria? Quando criança, ela não sabia que era preta. Caiu no mundo como gente. Lembrava-se dos seus pais e irmãos, das brincadeiras, de no almoço comer aquela planta estranha que se chama palma. Mas, quando se levantou, pôs os pés no chão e ficou da mesma altura que os olhos das pessoas, ela era outra coisa, porque quem era gente mesmo não olhava do mesmo jeito para ela. Nem falava com a mesma admiração, nem a amava com o mesmo fervor. Ela queria voltar a ser como quando era pequena e não sabia o peso da sua cor. Quem sabe assim teria menos varizes. Decerto, a idade avançada lhe parecia uma péssima conselheira, mas ela ainda não queria desistir. De repente, um barulho seco de algo caindo no chão a tirou de seus devaneios. Era o celular da mulher e, pelas reclamações, a culpa era da criança que tinha acordado de maneira estabanada. A pequena já estava à beira das broncas da mãe, quando notou a velha sentada logo ao lado.

— Mãe, olha! — disse apontando na direção de Luciana. A mãe tratou logo de repreender a cria.

— Que modos são esses? Onde já se viu apontar para os outros daquele jeito? Coitada daquela velha, já devia ter sofrido tanto. Estava estampado pra quem se arriscasse a encarar. Não, sua filha não lhe daria mais esse desgosto.

— Para de apontar, menina! — esbravejou batendo de leve na pequena mão da menina que, meio sem jeito, obedeceu.

— Mas ela é tão linda... olha como ela é linda. Pessoas sorriram no corredor.

Que orgulho teriam aqueles que conceituaram sobre a beleza se pudessem ver esse discurso de uma alma tão jovem. Uma verdadeira confirmação teórica e prematura da metafísica da contemplação do belo, assim, de forma tão simples, um prazer desinteressado e repleto da mais ilustre ternura. Entretanto, Luciana não compreendia muito da vã filosofia, o que fez com que ela despejasse seu contra-argumento.

— Nem sou menina, olha esse tanto de estrias! — apesar dos vários outros exemplos que ela poderia citar, disse este convicta esticando a parte de trás dos braços.

— Parece uma tigresa — disse a pequena. Três gerações presentes no recinto, as três sorrindo. — Me chamo Naysa, como a senhora se chama? — insistiu curiosa a criança.

— Luciana.

— Luz e Ana? — perguntou Naysa embolando as palavras.

— Vou te chamar de vó preta!

— Vó preta está ótimo! Gostei muito! — respondeu Luciana sorrindo e sendo interrompida pela porta dos especialistas que se abria.

— Oba! Tchau! — respondeu a pequena já entrando na sala com sua mãe.

Previdência ou providência divina? Como é mesmo? Luciana forçou a memória para se lembrar das palavras que faziam sentido naquela situação. Mas a verdade é que sua consciência havia se voltado ao estado primário de aceitação de si, o agradecimento. A elogiosa minicriatura revelou nela o que há muito estava esquecido. Ia à ba... ou ia bas...? Tentou novamente experienciar os sabores dessa velha memória fermentada e maturada por anos. Pegou-a como quem tira uma garrafa de uma adega da mais alta sofisticação. Levantou-se de sua cadeira de plástico e foi rumo à saída. Ser preta ia bastar. Agora parece que vou ter que ir pra Brasília resolver o resto.

O movimento leve

Por Wlange Keindé (RJ)

Henrique está na cama de novo, embora saiba que é em vão. Tem esperança de conseguir dormir dessa vez, depois de setenta e duas horas sem fechar os olhos por um minuto sequer, mas no fundo sabe que são tentativas inúteis. Inúteis, enquanto as flores continuarem na janela. Já estão ressecadas, depois de três dias. Ele nem se preocupou em molhá-las. São flores vãs. Quando Henrique as comprou, tinham um objetivo, mas ele deu meia-volta com o carro e agora são flores sem propósito. Como Henrique, desde que machucara a perna havia quatro anos. E estão murchas, mortas, como o pai de Henrique.

O pai morrera de um acidente parecido com o acidente que interrompeu o sonho de Henrique. Batida de carro. Havia quatro anos, Henrique perdera temporariamente sua capacidade de dançar, e desde então foi obrigado a suspender o balé. Parar com a única paixão verdadeira que já teve na vida. Nos dois primeiros anos, pelo menos uma vez por semana ligava o som em uma música clássica, um piano de Chopin, Tchaikovsky, Mozart e, sentado, obrigado a manter as articulações da perna esquerda em repouso, conduzia apenas sua mente na performance, flutuando conforme o ritmo, o compasso, nos giros imaginários, no movimento leve. Foi com essa rotina que aprendeu a segurar o choro. Ele ainda pode andar, dirigir, mover a perna, mas sem grandes pretensões. Qualquer esforço exagerado é um risco de ruptura. A dança agora é sua maior ameaça. Mas é uma condição momentânea, de acordo com a afirmação do médico. Quando Henrique se sente vazio, enterra isso na cabeça. Anos de repouso... ou uma vida sem nunca mais mover a perna esquerda. E ele tem que se contentar com essa expectativa a longo prazo. Tudo bem, terá uma vida longa.

Seu pai teve uma vida longa. Tinha setenta anos quando, há três dias, faleceu. Boa parte desses anos, gastou brigando com Henrique. Seu filho, seu primogênito e único filho homem, um bailarino? "Não embaixo do meu teto". E Henrique protegeria seu balé a todo custo, por isso deixou a casa dos pais e foi viver por sua conta. Intimamente, prometeu que seria um grande bailarino, viveria da dança e, através dela, transformaria o mundo de algum jeito. A promessa foi direcionada a si mesmo, mas também a ninguém, mas sobretudo a Deus, mas no fundo ao seu pai.

Contudo, Henrique machucou a perna antes de cumprir a promessa, e seu pai morreu.

Ele se acomoda na cama. Vira de lado, em posição fetal. Lembra-se do dia em que a irmã ligou para avisar. "O velório vai ser amanhã, no cemitério da cidade". Henrique não chorou uma gota sequer, mas se sentiu estranho. Aquele estranho ruim, ou pior que ruim, péssimo, nuvens de concreto se formando dentro de si. Comprou flores e um café no caminho para o cemitério. Porém, faltando dez minutos para chegar, parou o carro no acostamento. Depois, pegou o retorno e voltou para casa. A família ligou, magoada, e ele disse a verdade: não conseguiu.

— Como assim não conseguiu?

— Sei lá. Não consegui.

Levou uma bronca da mãe, uma viúva chorosa, mas a irmã entendeu que ele precisava de seu tempo. Ninguém teve a gentileza de cuspir a verdade em sua cara, então ele mesmo o fez, em casa, depois de arrumar as flores do pai em um vaso sobre o parapeito da janela: "Henrique, você é um covarde".

"Sou um covarde" repete, deitado na cama. Vira para o outro lado, pois quer desviar os olhos do vaso de flores. Na verdade, de um jeito ou de outro ele não enxerga o vaso, pois a janela está fechada e o objeto está do lado de fora. Mas só o fato de saber que a coisa está ali, apenas isso, jáé pesado demais. Henrique odeia as flores. As flores riem dele. As flores choram. As flores estão mortas. Mas Henrique não pode se livrar delas. Jogá-las fora é impossível. Ao mesmo tempo, ele tem certeza de que as flores são o motivo de sua insônia, como um amuleto amaldiçoado, e sabe que precisa destruí-las.

Mas é um covarde.

"O que seu pai diria?"

Henrique levanta o corpo, senta na cama. Pensa em fazer algo, mas não sabe o quê. Tudo que quer é dormir.

Não precisa de espelho para ver seus olhos vermelhos com olheiras roxas abaixo. Não precisa de médico para dizer que, se continuar assim, em pouco tempo estará arruinado. Ou talvez já esteja. Então ele se põe de pé e caminha até a janela. Abre. Deixa o frescor da noite invadir o quarto, jogando fios de seu cabelo para trás. E lá estão, no parapeito, as flores secas. Todas as cores desfiguradas em um marrom triste e os caules encurvados, sustentando-se não mais por seu antigo vigor, mas pelo vigor de um vaso de vidro.

Henrique pega o vaso e fica de pé, segurando o objeto. Olha em volta, analisando o quarto escuro. A luz da lua garante uma visão parcial, os elementos desbotados, alguns não passando de silhuetas. A cama, a cômoda, o armário, o criado-mudo, uma mesa encostada à parede. Sobre a mesa, o rádio. Dentro do rádio, que Henrique se lembre, há um CD de Beethoven, um de seus favoritos. Ele vai até lá, sem largar as flores. Até as abraça, mantendo-as seguras contra o peito, aqueles frágeis cadáveres vegetais. Uma pétala se desprende e cai aos seus pés, o que reforça nele o instinto protetor. Instinto. Ele sabe de maneira palpável que não há nada de racional nisso.

O rádio. Aperta o *play*. Beethoven começa a conduzir sua sinfonia em volume baixo. Henrique aumenta o volume. Pensa em dias antigos, quando ainda podia dançar. Então pensa nos tempos de menino, o pequeno Henrique ouvindo música clássica pela primeira vez.

Ele e o pai, seu velho sentado na poltrona, um cachimbo fumegando entre os dedos e um sorriso na boca, sem saber que o filho levaria a música para dentro do corpo e transformaria aquilo em movimento, e transformaria aquele movimento em seu destino.

Henrique chora. Derruba lágrimas como um condenado. Enquanto chora, começa a libertar os passos de balé, agarrando as flores mortas como suas parceiras de dança. Dois para lá, um giro, uma perna deslizando. Sua perna machucada deslizando e saltando, ignorante de toda realidade exterior ao momento presente. Henrique anestesiado. Um giro, dois giros, ponta de pé. A música suave, os movimentos leves. Henrique dançando e chorando. Para cá, para lá. As flores cambaleando dentro do vaso, acompanhando o compasso. Giro, perna, salto, corpo. O pai de Henrique chorando no banheiro por ter um filho bailarino. A velocidade da música aumentando e o bailarino seguindo. O movimento leve se agitando. Henrique gira e se impulsiona no meio do giro para girar de novo e de novo e de novo e gira gira gira gira e para de girar e segura o vaso de flores com uma das mãos e atira o vaso de flores contra a parede, *creck*!

Vidro e pétalas se espalham pelo chão. Henrique em prantos deixa suas pernas bambearem e meio cai meio se joga no chão também. Soluça, grita. Chora até seu choro não fazer mais sentido. Grita até seu grito dissipar a nuvem de concreto em seu interior.

Olha pela janela e descobre um amanhecer entre a paisagem. Henrique não tem forças para fazer mais nada. Sente-se completamente esgotado. Beethoven já terminou de tocar. Então, as pálpebras de Henrique pesam, depois os olhos fecham, e Henrique dorme, ali mesmo, ao lado dos cacos de vidro e das flores duplamente mortas.

A pianista

Por Eugenio Rodrigues Rosa do Nascimento (SP)

A folha branca sobre a escrivaninha era como um segredo de estado. Corini levantou-se de sua cama estreita de madeira sem espreguiçar-se e foi andando tonta até o banheiro. Olhou-se dos pés à cabeça por um tempo no grande espelho colonial posicionado em oposição à porta; virou-se para a pia e abaixou a cabeça para molhar seu rosto. Bocejou como se não houvesse dormido bem — oito horas de sono era muito pouco para ela — e abriu a torneira vagarosamente, com receio da água fria que tocaria seu rosto. Lavou-se, escovou os dentes, olhou-se bem no espelho da pia. Tinha o semblante dos seus dezesseis anos afetado pela insônia que lhe marcou com as enormes olheiras de quem não dorme há séculos. Voltou para a cama. Cobriu-se, descobriu-se e levantou-se de novo. Sua pele era negra retinta novamente após uma temporada na praia, sem a cidade para empalidecê-la. Sentou-se na penteadeira e, em frente ao espelho, arrumou seu crespo cabelo com grampos metálicos e um fuxico roxo, que ganhara do seu namorado no fim de semana anterior. Vestiu uma roupa confortável, olhou o papel na escrivaninha. Observou atentamente a própria mão esquerda. Olhou de novo o papel. Estava escrito em ambos a sentença: "Hoje você não pode tocar piano". Não era um descanso. Havia tanto em jogo que aquele repouso forçado pré-estreia era quase mortal. Para uma jovem pianista prodígio esse foi o maior golpe que se poderia sofrer antes de um concerto na Orquestra Filarmônica da sua cidade. Sentou-se na cama. E chorou, como há pouco, antes de ir dormir; era como se o seu projeto de vida houvesse sido arruinado em um instante. Eu sou o centro do meu mundo, um mundo devastado, um mundo triste e solitário. Não quero ler minha alegria ou desgraça. Não quero nada disso que me persegue e me norteia. Maldição de envelope!, vociferou por dentro. Acalmou-se, resignou-se, voltou a ser quem todos queriam que fosse.

Anos de ensaio e reclusão. Abdicação do soturno, das bebedeiras, dos excessos da juventude recompensados com um talento refinadíssimo. Os convites não paravam de chegar à casa dos de Resende e, Corini, sendo a filha mais nova, era apenas a parte inferior de uma longa fila de jovens talentos na música mas, com certeza, a mais talentosa entre todos os anos anteriores. Heitor, o filho mais velho de Lúcia e Ernesto de Resende, era cantor de ópera e ator de talento, um verdadeiro Pavarotti, respeitada a dimensão e o prestígio dele na cidade. Recebera esse nome em uma justa homenagem e fazia jus a ela. Corpulento e vigoroso, era cordial e risonho, com um carisma incomum para aquela família. Cumprimentava os porteiros, pedreiros e as criancinhas por onde andava; era conhecido por ser gentil, mais do que era por cantar tão sublimemente. Voltou a morar com os pais no interior após uma temporada fora do país para estudar. Havia feito faculdade e conservatório, sempre se destacando e recebendo convites tentadores para voltar para a Europa, mas os apelos dos pais o trouxeram de volta para o lar da infância. Companheiro, passava longas horas com Corini, mas nunca se opunha à vontade dos pais ou aos planos deles para seus filhos.

Helena era a filha mais velha. Forte e doce; porém, reservada. Sabia de tudo um pouco: regia, cantava, tocava violoncelo; uma moça rara que ainda agregava o título de advogada, profissão que exercia com alegria e quase sem escrúpulo algum. Não teve filhos e era feliz. Compunha diversas músicas infantis para alegrar as crianças nos projetos sociais dos quais fazia parte e, assim, sentia-se contribuindo para um mundo menos deprimente, do seu ponto de vista. Desfrutava da educação erudita que recebera mais para impressionar as pessoas do que para conseguir vantagens financeiras ou amorosas. Bela e esguia, divertia-se manipulando os homens com sua sublime retórica e inteligência.

Já o Josué era o exemplo do inferno na Terra. Filho homem caçula, agregava no seu caráter um grande talento para a escrita, além de ser um grande inventor e um alcoólatra irremediável. Era um mestre nos contos e nos jogos. Sempre intempestivo, rude, genial e criativo para arrumar confusão, gabava-se de não orgulhar os pais, como no dia em que conseguiu arruinar o casamento de uma prima por não ter sido escolhido para padrinho da moça, derrubando quase que acidentalmente o bolo da noiva. Magricela e malvestido, deixa sua marca por onde passa, por bem ou por mal. Enfim, na ponta da faca está

Corini de Resende, uma negra com nome de senhor de Engenho.

Às oito da manhã, os olhos ainda não abrem totalmente para o mundo. É preciso que o mundo nos desperte. Para Corini, esse mundo se chama Lúcia. As batidas na porta de madeira de demolição ressoavam forte naquela manhã. Choro engolido, cara lavada, soluços comedidos e então finalizados. Lúcia entrou na porta e viu uma Corini abatida sem explicação. A menina estava num vestido vermelho de renda, com detalhes azuis na lateral direita, caprichosamente terminando quatro dedos acima do joelho. A madura mãe da menina e de mais três filhos a olhou com olhos doces, com uma compaixão de mãe ferida pela dor da filha mais nova. Qual poderia ser a razão desse abatimento? Será que fiz algo sem saber? Uma culpa tomou-a num instante. Lúcia entendia que a menina sofria muita pressão dentro de casa, principalmente por parte do seu rigoroso pai, herdeiro de um sobrenome falido que teve que construir sua dignidade a ferro e fogo, com muito suor, dedicação e trabalho duro. Faz-se mister dizer que, em contrapartida ao sucesso de Ernesto de Resende, trabalho duro e suor não são fórmula do sucesso. Com a ajuda da talentosa Lúcia, uma atriz de sucesso em filmes nacionais e que soube investir a renda do seu trabalho e lucrar em cima dela, Ernesto desenvolveu seu faro para os negócios abrindo suas empresas e patrocinando jovens talentos musicais, que logo lhe deram o retorno financeiro esperado. Porém, não sabia lidar muito bem com as pessoas. Principalmente com seus filhos. Cobrava da menina que fosse a mistura do melhor de todos os filhos anteriores. Cobrava pouco de Heitor, por ser o primogênito e ser também o filho preferido; cobrava de Helena que fosse melhor que Heitor; cobrava de Josué que fosse melhor que os anteriores e, por fim, cobrava de Corini que fosse a melhor dentre todos. Amava os filhos fervorosamente e, talvez por isso, não entendia que eles também cometiam erros. Mas Lúcia sabia ser enérgica, sem cobrar dos filhos o que eles não poderiam ser, diferentemente do marido. Ela não sabia, porém, que estava aprendendo a amar com toda a sua alma quem não fosse ela mesma — e a isso ela atribuía a sua orfandade — mas era boa mãe nos conflitos diários. A terapia quase que diária tornara Lúcia menos dependente dos remédios que também dominavam o cotidiano do marido. Mas tudo isso começou recentemente, não tendo tido tempo, e nem chance, para se consertar a si e aos filhos, que viveram uma infância sob cobrança de perfeição. Apesar de tudo e, acima de tudo, seu engajamento político e o acompanhamento da luta pelo direito civil dos negros no Brasil a fizeram perceber que ser negro no Brasil exige uma grande responsabilidade e tolerância. Essa habilidade a fazia olhar sua filha e saber que algo nela não parecia com o medo habitual pré-concertos, que fora tantas vezes motivo de brigas. Suas frustrações eram cíclicas: menina insegura, nova e já tão cobrada não sabia como lidar com a pressão a ela imposta. Os concertos nas casas dos parentes e amigos eram frequentes, mas a menina não aprendera a lidar com os olhares e expectativas do público. Lúcia acariciava-lhe o rosto e segurava sua mão. Tentava parecer a mais amável das mães, mesmo não sentindo a metade do que aqueles gestos significavam para a menina. Os olhares que amedrontavam Corini eram olhares de desconfiança, de insistente provação do seu talento negro natural, num universo tão predominantemente branco.

Lúcia não falou nada, nem pretendia. Abraçou a menina por uns minutos. Enxugou as lágrimas, saiu. Pensara que ela estava nervosa por causa do concerto e, apesar de não tê-la ouvido tocar piano por dois dias, nada perguntou. Evitava falar sobre qualquer assunto envolvendo o sofrimento dos filhos com o marido por não saber falar sobre assuntos tão pessoais. Deixava todas as responsabilidades escolares e afetivas com o severo e justo Ernesto que, apesar de dar o seu melhor no trato com os filhos, conhecia bem nada além de trabalho duro e choro pelo resultado alcançado pelos filhos. Orgulhava-se da sua família, de nunca ter passado dificuldades ao lado da sua tão amada Lúcia e dos seus sublimes filhos. Construiu sua família negra dentro do bairro mais elitista e preconceituoso da cidade, obrigando todos a se render ao talento da sua família.

Corini fechou a porta do quarto após a mãe sair; foi até a janela que dava para o jardim e a abriu. Um leve perfume de azaleia e orquídea entrou em seu pequeno quarto de paredes verdes. O frio de agosto veio junto, trazendo à memória algumas histórias do tempo de infância, quando ia patinar no gelo numa antiga pista de patinação da sua cidade. Não conhecera outros países quando nova e sonhava com a Polônia desde menina. Os livros a encantavam, a história do povo e o seu Chopin também. Na escrivaninha, mantinha atualizado o seu diário, com uma descrição precisa de seus dias. O pequeno armário de mogno mostrava a opulência dos de Resende, que, apesar do nome oriundo da nobreza, em nada orgulhava a família.

Andou de um lado a outro parecendo que ia fazer um buraco nos tacos do piso. Olhou pela janela e viu o abacateiro. Pensou em quão bom seria sentar-se um pouco aos pés daquela árvore e adormecer sob sua sombra. Era domingo e ela não iria à escola, poderia aproveitar o dia livre para fazer o que normalmente não lhe sobrava tempo para experimentar. O toque da grama no quintal, o canto dos pássaros nas árvores, o silêncio que pairava do outro lado do muro, na rua sem carros, o cheiro das flores que seu pai cultivava no jardim. Era quase como se tivesse esquecido do bilhete com sua sentença. Era quase como se tivesse esquecido quem ela era.

Olhou para a escrivaninha como quem olha para um caixão. O resultado do exame médico ao qual havia se submetido fazia pouco sorria para ela, como se fosse ele um jovem galanteador com toda a ternura e entusiasmo para dançar uma valsa com a menina. Ela vira sua professora de piano naquele bilhete. Era como se a jovem professora russa estivesse ali fazendo-lhe recomendações para que se poupasse às vezes e a menina não dera ouvidos. Lembrou-se de tudo. Da dor que irradiava do pulso às falanges, lembrou-se das unhas roídas, do escrito naquele papel que lhe sorria. As partituras das músicas mais difíceis não lhe causariam tamanha estranheza. Era como se o mistério daquela folha pudesse manipular seu humor; e encantava-se com a possibilidade de um resultado apontando uma perfeita saúde. Ouvia os passos da mãe do lado de fora. Tinha os pés metidos num maldito Oxford barulhento, desses que tilintam numa ponta metálica. Não sabia se a qualquer hora a mãe entraria de novo no quarto. Tentava esconder sua angústia sobre o resultado. Será que seria bom pros seus nervos contar pra mãe o ocorrido? Será que deveria contar sobre o exame e as recomendações médicas? A suave transpiração que lentamente tomava sua testa e suas axilas a deixava ainda mais agoniada. Ofegava, chorava, sorria. Era como se sua vida, de repente, dependesse desse papel. E se eu tiver a tal doença de que os médicos suspeitam? E se eu também em três meses não puder mais tocar?, pensou. Sua melhor amiga morava nela mesma. Não confiaria sua angústia às amigas da escola ou da sua rua. Estava só. Toda a decepção da família seria depositada nela, o elo fraco da corrente, a erva daninha a contaminar as futuras gerações. Será que tenho a genética ruim? Eu não posso deixar de ser o que meus pais me criaram para ser, seria um crime! Um crime! Sou uma pianista, não posso ser mais nada!

Suas mãos tremiam. Seu frágil corpo magro quase não preenchia o vestido. Os lábios carnudos empalideceram. Seus pensamentos flutuavam entre o futuro longe dos instrumentos e o brilhantismo traçado para ela. A redoma na qual fora criada ia se quebrando, e os cacos iam se juntando ao seu redor. Pensou em como é difícil corresponder às expectativas. Depois pensou o contrário. Quem manda querer fazer tudo da maneira correta, Corini? Pensou. Era mais fácil não ter se esforçado tanto, não ter abdicado de tanto que desejava, como férias, amigos, amores. Planos de profissão tradicional. Quem disse que eu toco melhor que a Helena? Ela é boa em tudo que faz! O Heitor só falta fazer chover... O Josué é quase humano, se não fosse um autor de sucesso, diria que acabaria numa esquina qualquer, morto por qualquer brigador de rua por causa de uma cachaça ou uma mulher! Ah, como amo meus irmãos! Mas como detesto ter de repetir-lhes o talento! Fim de ano é uma desgraça. Reúne-se a família, e vêm todos com esses grandiosos talentos me fazerem demonstrar que mereço pertencer à família. Pelo menos, é quando nos vemos, nos abraçamos e nos olhamos nos olhos. Tem sido raro encontrar meu pai em casa. Quem sabe se eu estiver com a doença eu não precise mais ficar tanto tempo em casa, longe dele? Eu poderia ajudá-lo na empresa ou no estúdio depois das aulas. Poderia fazer faculdade de administração, em vez de música. Mas Deus, como eu amo tocar! Nesse meio-tempo, a campainha toca. Era Romero, seu namorado.

Lúcia atendeu a porta docemente, cumprimentou o rapaz e saiu para chamar a filha. O moço trazia um livro na mão. Pediu que Lúcia mostrasse à menina antes de entrar na porta, ela saberia do que se tratava. Era a Metamorfose de Kafka, numa tradução que acabara de ganhar um importante prêmio da categoria. A menina começara a ler o livro na tradução antiga mas não ficou satisfeita, não pôde sentir toda a genialidade do seu autor tão prestigiado como sentira no seu *O processo.*

Ainda assim, Romero não lhe trouxe a paz; senão, trouxe ainda mais angústia por deixá-la com a sensação de que estava sendo relapsa com o namorado. Por isso o livro não lhe causara emoção nenhuma. Pediu que o moço entrasse no quarto mas olhou-o com pouco afeto. Ele tirou o casaco marrom escuro e foi sentar-se à beira da cama estreita de madeira. Romero era filho de uma família humilde de professores, profissão muito estimada pelos pais da menina. Educado, gentil, trabalhador mas sem talentos proeminentes, O rapaz era tido por Corini como um exemplo de ser humano tradicional, sem ter realizado proezas na vida, sem ter sido um talento precoce. Em muito ela o admirava mas o que mais a encantava era a sua humanidade. — Você não gostou do presente, Cori. O que houve? Essa cara fui eu quem provocou, meu amor? Olha, tenho um plano pra hoje, viu? —, falou puxando-a pelo braço para sentar-se junto a ele... A moça estava em pé, em frente à escrivaninha, quando seu braço fora levemente puxado para junto de Romero. Corini sentou-se. — Vamos experimentar algo novo hoje? Saímos sem paradeiro certo, quem sabe não paramos em Minas? Por lá sempre tem cachoeiras e um povo bom de se conversar! Isso te reanimará um pouco. Eu sei que a rotina de estudos é puxada! Você não gostou mesmo do livro? — Não é isso, Romero. Estão acontecendo coisas que você não entenderia; eu mesma não entendo —, falou a menina ficando de novo de pé e se desvencilhando dos braços do rapaz. — E, além disso, Minas é bem longe! Demoraríamos muito tempo para chegar até lá! Mas valerá a pena, você verá, garanto. Sabe, Romero, às vezes nós estamos em mundos apenas muito diferentes. Você me faz bem. Não digo que eu iria hoje a Minas com você mas outro dia, talvez. Tenho muitas coisas pra resolver por aqui. Não é a melhor hora para sair de casa como uma louca. — Mas você precisa descansar, meu amor! — Vou descansar em casa mesmo. Não te peço que entenda a minha decisão ou a minha ausência. É preciso me dar tempo. — Eu te dou, todo o tempo necessário, minha flor! O jovem Romero carregava em seus olhos todo um ramalhete de flores frescas, recém-colhidas e uma admiração ímpar por Corini. Eles haviam estudado juntos na escola primária, mas a aproximação acontecera havia pouco, fora da escola. Os amigos comuns fizeram o trabalho. — Bom, acho que você prefere ficar sozinha por agora. Passo aqui mais tarde ou amanhã, certo? Não esqueça que a sua grande estreia é amanhã! — Eu não esqueço. Você também não esquece. Minha mãe não esquece disso e tampouco meu pai. Enfim, até a minha cadela deve saber disso e late para me avisar. Todos me falam do maldito concerto de debute da minha carreira! Tardio, mas antes tarde do que nunca, como diria o meu pai. — Enfim, vou te deixar descansando. Acho que você está precisando de um break. — É acho que estou mesmo... Deu-lhe um beijo e foi embora.

Logo após despedir-se de Romero, Corini foi novamente à janela do quarto olhar o quintal. Viu que o abacateiro a estava chamando para junto dele, sentiu o ar orvalhado de orquídeas e azaleas e decidiu juntar-se à natureza. Antes, porém, olhou para a folha do exame com um olhar perscrutador, apesar de nem tê-lo tocado direito, aquela folha de papel lhe causava tanto medo que a menina tinha palpitação ao fitar tal figura. Era ela contra o destino dela. Não havia nada no mundo que a tranquilizasse mais que um resultado positivo, mas, Deus!, como era difícil se aproximar daquela folha! Pensou em ligar para a sua médica. Desistiu, pensou em um fisioterapeuta. Não, pensou, melhor deixar assim, nunca lesionei minha mão tocando, não foi dessa vez que eu me lesionei e, além disso, essa doença é muito rara para eu ter. Os Céus não seriam injustos comigo me fazendo passar por tal situação. Prefiro pensar que é só um incômodo persistente, vai passar... Só uma lesão, nada crônico.

Com esse pensamento, ela trocou de roupa, pôs-se em traje formal e saiu. Passando do seu quarto para o quintal, encarou o piano. Olhou-o com olhar de admiração pelos sons ali produzidos. Percebeu que amava o que fazia mas não do jeito que o fazia. Deixou o piano para trás, abriu a porta de vidro que dava para o quintal e pôs os pés descalços na grama gélida do jardim. Passou a mão nas plantas, cheirou as rosas que estavam começando a desabrochar com seu perfume característico. Sentou-se ao pé do abacateiro e começou a pensar.

Em seu imaginário, a doce menina se livrava do peso da responsabilidade a ela imposta. Queria ser apenas uma menina comum a tocar piano, ir à escola e ajudar os pais no que precisassem. Mas, sendo ela Corini de Resende, não seria tão fácil. Por que não me livro desse sobrenome idiota? Primeiramente, não vou me deixar ser atrelada a esse nome. Não sou meus irmãos e não quero um nome de feitor nas minhas costas! Basta da chibata ancestral em mim, agora passa de pai para filha essa maldição? Basta! Quero criar asas. Por que eu não saio do país? Talvez onde ninguém me conheça seja mais promissor o meu futuro. Não posso ser a pianista que querem, quero ser quem eu quiser: a menina que toca piano, mais nada. E agora ainda com essa mão sem se mexer direito, tudo fica mais complicado. Preciso contar aos meus pais que lesei a mão... Mas nem abri o exame ainda, não sei a resposta da análise clínica...

Ah! suspirou, olhou a sua volta e viu através do portão da casa umas crianças brincando na calçada. Era eu lá alguns anos mais cedo, pensou. Suas mãos ainda tremiam. O tempo começara a anunciar uma precipitação para o fim do dia. Corini pensou que aquela era uma mensagem dos Deuses. Iansã está sempre brava com algo, mas acho que dessa vez é comigo! Deixo que os Deuses se entendam sozinhos, eles sabem do mundo muito mais do que eu sei. Eu não posso cuidar da minha vida e da deles... A menina levantou-se e caminhou pelo jardim. Voltou ao seu quarto e, antes de entrar, de novo, afagou o velho piano colonial.

Malê Editora e Produtora Cultural Ltda.
www.editoramale.com
contato@editoramale.com.br

Este livro foi composto na fonte Arno Pro Regular, teve seu miolo impresso em Papel Pólen Soft 80 e Capa Duo Design 250g